大唐西域記卷第五　孰四

唐三藏法師玄奘奉詔譯
大總持寺沙門辯機撰

六國

羯若鞠闍國周四千餘里國大都城西臨殑伽河其長二十餘里廣四五里城隍堅峻臺閣相望華林池沼光鮮澄鏡異方奇貨多聚

於此居人豐樂家室富饒華果具繁稼穡時播氣序和洽風俗淳質容貌妍雅服飾鮮綺篤學遊藝談論清遠邪正二道信者相半伽藍百餘所僧徒萬餘人大小二乘兼攻習學天祠二百餘所異道數千餘人

羯若鞠闍國人長壽時其舊王城號拘蘇磨補羅（此言華宮）王號梵授福智宿資文武允備威懾贍部聲震隣國具足千子智勇弘毅復有百女儀貌妍雅時有仙人居殑伽河側棲神入定經數萬歲形如枯木遊禽棲集遺尼拘

律果於仙人肩上暑往寒來垂蔭合拱多歷
年所從定而起欲去其樹恐覆鳥巢時人羡
其德號大樹仙人仙人寓目河濱遊觀林薄
見王諸女相從嬉戲欲界愛起染著心生便
詣華宮欲事禮請王聞仙至躬迎慰曰大仙

棲情物外何能輕舉仙人曰我棲林藪彌積
歲時出定遊覽見王諸女染愛心生自遠來
請王聞其辭計無所出謂仙人曰今還所止
請俟嘉辰仙人聞命遂還林藪王乃歷問諸
女無肯應娉王懼仙威憂愁毀悴其幼稚女

候王事隙從容問曰父王千子具足萬國慕
化何故憂愁如有所懼王曰大樹仙人韋顧
求婚而汝曹輩莫肯從命仙有威力能作災
祥倘不遂心必起嗔怒毀國滅祀辱及先王
深惟此禍誠有所懼稚女謝曰遺此深憂我
曹罪也願以微軀得延國祚王聞喜悅命駕
送歸既至仙廬謝仙人曰大仙俯方外之情
垂世間之顧敢奉稚女以供灑掃仙人見而
不悅乃謂王曰輕吾老叟配此不姸王曰歷
問諸女無肯從命惟此幼稚願充給使仙人

懷怒便惡呪曰九十九女一時背曲形既毀弊畢世無婚王使往驗果已背傴從是之後更名曲女城焉

今王本吠奢種也字曷利沙伐彈那此言喜增君臨有土二世三王父字波羅羯邏伐彈那此言作光增兄字曷邏闍伐彈那此言王增王增以長嗣位以德治政時東印度羯羅拏蘇伐剌那此言金耳國設賞迦王此言月每謂臣曰隣有賢主國之禍也於是誘請會而害之人既失君國亦荒亂時大臣婆尼此言辯了職望隆重謂僚庶曰

國之大計定於今日先王之子亡君之弟仁
慈天性孝敬因心親賢允屬欲以襲位於事
何如各言爾志衆咸仰德當無異謀於是輔
臣執事咸勸進曰王子垂聽先王積功累德
光有國祚嗣及王增謂終壽考輔佐無良棄
身讐手爲國大恥下臣罪也物議時謠允歸
明德光臨土宇克復親讎雪國之恥光父之
業功孰大焉幸無辭矣王子曰國嗣之重令
古爲難君人之位興立宜審我誠寡德父兄
遐棄推襲大位其能濟乎物議爲宜敢忘虛

薄今者殑伽河岸有觀自在菩薩像既多靈鑒願往請辭即至菩薩像前斷食祈請菩薩感其誠心現形問曰爾何所求若此勤懇王子曰我惟積禍慈父云亡重茲酷罰仁兄見害自顧寡德國人推尊令襲大位光父之業愚昧無知敢希聖旨菩薩告曰汝於先身在此林中爲練若苾芻而精勤不懈承茲福力爲此王子金耳國王既毀佛法爾紹王位宜重興隆慈悲為志傷愍居懷不久當王五印度境欲延國祚當從我誨冥加景福隣無强

敵勿昇師子之座勿稱大王之號於是受教而退即襲王位自稱曰王子號尸羅阿迭多唐言戒日於是命諸臣曰兄讐未報隣國不賓終無右手進食之期凡爾庶僚同心勠力遂總率國兵講習戰士象軍五千馬軍二萬步軍五萬自西徂東征伐不臣象不解鞍人不釋甲於六年中拒五印度既廣其地更增甲兵象軍六萬馬軍十萬垂三十年兵戈不起政教和平務修節儉營福樹善忘寢與食令五印度不得噉肉若斷生命有誅無赦於殑伽

河側建立數千窣堵波各高百餘尺於五印
度城邑鄉聚達巷交衢建立精廬儲飲食止
醫藥施諸羇貧周給不殆聖迹之所並建伽
藍五歲一設無遮大會傾竭府庫惠施羣有
唯留兵器不充檀捨歲一集會諸國沙門於

三七日中以四事供養莊嚴法座廣飾義筵
令相推論校其優劣褒貶淑慝黜陟幽明若
戒行貞固道德純邃推昇師子之座王親受
法戒雖清淨學無稽古但加敬禮示有尊崇
律儀無紀穢德已彰驅出國境不願聞見隣

國小王輔佐大臣植福無怠求善忘勞即携
手同座謂之善友其異於此面不對辭事有
聞議通使往復而巡方省俗不常其居隨所
至止結廬而舍唯雨三月多雨不行每於行
宮日修珍饌飯諸異學僧衆一千婆羅門五
百每以一日分作三時一時理務治政二時
營福修善孜孜不倦竭日不足矣初受拘摩
羅王請曰自摩揭陀國往迦摩縷波國時戒
日王巡方在羯末嗢祇邏國命拘摩羅王曰
宜與那爛陀遠客沙門速來赴會於是遂與

之譽誠有之乎大唐國者豈此是耶對曰然
至那者前王之國號大唐者我君之國稱昔
未襲位謂之秦王今已承統稱曰天子前代
運終羣生無主兵戈亂起殘害生靈秦王天
縱含弘心發慈愍威風鼓扇羣凶殄滅八方
靜謐萬國朝貢愛育四生敬崇三寶薄賦斂
省刑罰而國用有餘氓俗無宄風猷大化難
以備舉戒日王曰盛矣哉彼土羣生福感聖
主時戒日王將還曲女城設法會也從數十
萬衆在殑伽河南岸拘摩羅王從數萬之衆

居北岸分河中流水陸並進二王導引四兵
嚴衛或泛舟或乘象擊鼓鳴螺拊絃奏管經
九十日至曲女城在殑伽河西大華林中是
時諸國二十餘王先奉告命各與其國髦俊
沙門及婆羅門羣官兵士來集大會王先於

河西建大伽藍伽藍東起寶臺高百餘尺中
有金佛像量等王身臺南起寶壇爲浴佛像
之處從此東北十四五里別築行宮是時仲
春月也從初一日以珍味饌諸沙門婆羅門
至二十一日自行宮屬伽藍夾道爲閣窮諸

瑩飾樂人不移雅聲遍奏王於行宮出一金像虛中隱起高餘三尺載以大象張以寶幰戒日王爲帝釋之服執寶蓋以左侍拘摩羅王作梵王之儀執白拂而右侍各五百象軍被鎧周衛佛像前後各百大象樂人以乘鼓

奏音樂戒日王以真珠雜寶及金銀諸華隨步四散供養三寶先就寶壇香水浴像王躬負荷送上西臺以諸珍寶憍奢耶衣數十百千而為供養是時唯有沙門二十餘人預從諸國王爲侍衛饌食已訖集諸異學商摧微

言抑揚至理日將曛暮迴駕行宮如是日送
金像導從如初以至散日其大臺忽然火起
伽藍門樓煙焰方熾王曰罄捨國珍奉爲先
王建此伽藍式昭勝業寡德無祐有斯災異
咎徵若此何用生爲乃焚香禮請而自誓曰

幸以宿善王諸印度願我福力禳滅火災若
無所感從此喪命尋即奮身跳履門閫若有
撲滅火盡煙消諸王覩異重增祗懼已而顏
色不動辭語如故問諸王曰忽此災變焚燼
成功心之所懷意將何謂諸王俯伏悲泣對

曰成功勝迹冀傳來葉一旦灰燼何可爲懷況諸外道快心相賀王曰以此觀之如來所說誠也外道異學守執常見唯我大師無常是誨然我檀捨已周心願諧遂屬斯變滅重知如來誠諦之說斯爲大善無可深悲於是從諸王東上大窣堵波登臨觀覽方下階陛忽有異人持刃逆王王時窘迫却行進級俯執此人以付羣官是時羣官惶遽不知進救諸王咸請誅戮此人戒日王殊無忿色止令不殺王親問曰我何負汝爲此暴惡對曰大

王德澤無私中外荷福然我狂愚不謀大計受諸外道一言之惑輙爲刺客首圖逆害王曰外道何故興此惡心對曰大王集諸國傾府庫供養沙門鎔鑄佛像而諸外道自遠名集不蒙省問心誠愧恥乃令狂愚敢行凶詐

於是究問外道徒屬有五百婆羅門並諸高才應命召集嫉諸沙門蒙王禮重乃射火箭焚燒寶臺冀因救火衆人潰亂欲以此時殺害大王既無緣隙遂雇此人趨隘行刺是時諸王大臣請誅外道王乃罰其首惡餘黨不

罪還五百婆羅門出印度之境於是乃還都也

城西北窣堵波無憂王之所建也如來在昔於此七日說諸妙法其側則有過去四佛座及經行遺迹之所復有如來髮爪小窣堵波

說法窣堵波南臨殑伽河有三伽藍同垣異門佛像嚴麗僧徒肅穆役使淨人數千餘戶精舍寶函中有佛牙長餘寸半殊光異色朝變夕改遠近相趨士庶咸集式修瞻仰日百千衆監守者繁其諠雜權立重稅宣告遠近

欲見佛牙輸大金錢然而瞻禮之徒寔繁其侶金錢之税悦以心競每於齋日出置高座數百千衆燒香散華華雖盈積牙函不沒伽藍前左右各有精舍高百餘尺石基甎室其中佛像衆寶莊飾或鑄金銀或鎔鍮鉐二精舍前各有小伽藍伽藍東南不遠有大精舍

石基甎室高二百餘尺中作如來立像高三十餘尺鑄以鍮石飾諸妙寶精舍四周石壁之上彫畫如來修菩薩行所經事迹備盡鐫鏤石精舍南不遠有日天祠祠南不遠有大

自在天祠並瑩青石俱窮彫刻規模度量同
佛精舍各有千戶充其灑掃鼓樂絃歌不捨
晝夜大城東南六七里殑伽河南有窣堵波
高二百餘尺無憂王之所建也在昔如來於
此六月說身無常苦空不淨其側則有過去
四佛座及經行遺迹之所又有如來髮爪小
窣堵波人有染疾至誠旋繞必得痊愈蒙其
福利大城東南行百餘里至納縛提婆矩羅
城據殑伽河東岸周二十餘里華林清池互
相影照納縛提婆矩羅城西北殑伽河東有

一天祠重閣層臺奇工異製城東五里有三伽藍同垣異門僧徒五百餘人並學小乘說一切有部伽藍前二百餘步有窣堵波無憂王之所建也基雖傾陷尚高百餘尺是如來昔於此處七日說法中有舍利時放光明其

側則有過去四佛座及經行遺迹之所伽藍北三四里臨殑伽河岸有窣堵波高二百餘尺無憂王之所建也昔如來在此七日說法時有五百餘鬼來至佛所聞法解悟捨鬼生天說法窣堵波側有過去四佛座及經行遺

迹之所其側復有如來髮爪窣堵波自此東南行六百餘里渡殑伽河南至阿踰陀國中印度境

阿踰陀國周五千餘里國大都城周二十餘里穀稼豐盛華果繁茂氣序和暢風俗善順好營福勤學藝伽藍百有餘所僧徒三千餘人大乘小乘兼攻習學天祠十所異道寡少大城中有故伽藍是伐蘇畔度菩薩此言世親舊曰婆藪盤豆譯日天親訛謬數十年中於此製作大小乘諸異論其側故基是世親菩薩爲諸國王四方

俊彥沙門婆羅門等講義說法堂也

城北四五里臨殑伽河岸大伽藍中有窣堵波高二百餘尺無憂王之所建也是如來爲天人衆於此三月說諸妙法其側窣堵波過去四佛座及經行遺迹之所伽藍西四五里有如來髮爪窣堵波

執四　十二

髮爪窣堵波北伽藍餘址昔經部室利邏多（此言勝受）論師於此製造經部毗婆沙論

城西南五六里大菴没羅林中有故伽藍是阿僧伽（此言無著）菩薩請益導凡之處無著菩薩

夜昇天宮於慈氏菩薩所受瑜伽師地論莊嚴大乘經論中邊分别論等盡為大衆講宣妙理菴没羅林西北百餘步有如來髮爪窣堵波其側故基是世親菩薩從覩史多天下見無著菩薩處無著菩薩健馱邏國人也佛去世後一千年中誕靈利見承風悟道從彌沙塞部出家修學頃之迴信大乘其弟世親菩薩於説一切有部出家受業博聞强識達學研機無著弟子佛陀僧訶（此言師子覺）者密行莫測高才有聞二三賢哲每相謂曰凡修行

業願覲慈氏若先捨壽得遂宿心當相報語
以知所至其後師子覺先捨壽命三年不報
世親菩薩尋亦捨壽時經六月亦無報命時
諸異學咸皆譏誚以爲世親菩薩及師子覺
流轉惡趣遂無靈鑑其後無著菩薩於初夜
分方爲門人教授定法燈光忽翳空中大明
有一天仙乘虛下降即進階庭敬禮無著無
著曰爾來何暮今名何謂對曰從此捨壽命
往覩史多天慈氏内衆蓮華中生蓮華纔開
慈氏讚曰善來廣慧善來廣慧旋繞纔周即

來報命無著菩薩曰師子覺者今何所在曰我旋繞時見師子覺在外衆中耽著欲樂無暇相顧詎能來報無著菩薩曰斯事已矣慈氏何相演說何法曰慈氏相好言莫能宣演說妙法義不異此然菩薩妙音清暢和雅聞者忘倦受者無厭

無著講堂故基西北四十餘里至故伽藍北臨殑伽河中有甎窣堵波高百餘尺世親菩薩初發大乘心處世親菩薩自北印度至於此也時無著菩薩命其門人令往迎候至此

伽藍遇而會見無著弟子止戶牖外夜分之
後誦十地經世親聞已感悟追悔甚深妙法
昔所未聞誹謗之愆源發於舌舌爲罪本今
宜除斷即執銛刀將自斷舌乃見無著住立
告曰夫大乘教者至真之理也諸佛所讚衆

聖攸宗吾欲誨汝爾今自悟悟其時矣何善
如之諸佛聖教斷舌非悔昔以舌毀大乘今
以舌讚大乘補過自新猶爲善矣杜口絕言
其利安在作是語已忽不復見世親承命遂
不斷舌旦詣無著諮受大乘於是研精覃思

製大乘論凡百餘部並盛宣行從此東行三百餘里渡殑伽河北至阿耶穆佉國中印度境

阿耶穆佉國周二千四五百里國大都城臨殑伽河周二十餘里其氣序土宜同阿踰陀國人淳俗質勤學好福伽藍五所僧徒千餘人習學小乘正量部法天祠十餘所異道雜居城東南不遠臨殑伽河岸有窣堵波無憂王之所建也高二百餘尺是如來昔於此處三月說法其側則有過去四佛座及經行遺迹之所復有如來髮爪青石窣堵波其側伽

藍僧徒二百餘人佛像莊飾威嚴如在臺閣宏麗奇製鬱起是昔佛陀馱娑（此言覺使）論師於此製說一切有部大毗婆沙論從此東南行七百餘里渡殑伽河南閻牟那河北至鉢邏

那伽國（中印度境）

孰四　十五

鉢邏那伽國周五千餘里國大都城據兩河交周二十餘里稼穡滋盛果木扶疎氣序和暢風俗善順好學藝信外道伽藍兩所僧徒寡少並皆學習小乘法教天祠數百異道實多大城西南瞻博迦華林中有窣堵波無憂

王之所建也基雖傾陷尚百餘尺在昔如來於此處降伏外道其側則有髮爪窣堵波經行遺迹髮爪窣堵波側有故伽藍是提婆（此言天）菩薩作廣百論挫小乘伏外道處初提婆菩薩自南印度至此伽藍城中有外道婆羅門高論有聞辯才無礙循名責實反質窮辭雅知提婆博究玄奧欲挫其鋒乃循名問曰汝爲何名提婆曰名天外道曰天是誰提婆曰我外道曰我是誰提婆曰狗外道曰狗是誰提婆曰汝外道曰汝是誰 提婆曰天外道

曰天是誰提婆曰我外道曰我是誰提婆曰
狗外道曰誰是狗提婆曰汝外道曰汝是誰
提婆曰天如是循環外道方悟自時厥後深
敬風猷

城中有天祠瑩飾輪煥靈異多端依其典籍
此處是衆生植福之勝地也能於此祠捐捨
一錢功踰他所惠施千金復能輕生祠中斷
命受天福樂悠永無窮天祠堂前有一大樹
枝葉扶踈陰影蒙密有食人鬼依而棲宅故
其左右多有遺骸若人至此祠中無不輕捨

身命既訹邪説又爲神誘自古迄今習謬無
替近有婆羅門族姓子也闊達多智明敏高
才來至祠中謂衆人曰夫曲俗鄙志難以導
誘吾方同事然後攝化亦既登臨俯謂友曰
吾有死矣昔謂詭妄今驗真寔天仙妓樂依
空接引當從勝境捐此鄙形尋欲投身自取
殞絶親友諫喻其志不移遂布衣服遍周樹
下及其自投得全軀命久而醒曰唯見空中
諸天召命斯乃邪神所引非得天樂也
大城東兩河交廣十餘里土地爽塏細沙彌

漫自古至今諸王豪族凡有捨施莫不至止
周給不計號大施場令戒日王者聿修前緒
篤述惠施五年積財一旦傾捨於其施場多
聚珍貨初第一日置大佛像衆寶莊嚴即持
上妙奇珍而以奉施次常住僧次現前衆次
高才碩學博物多能次外道學徒隱淪肥遁

次鰥寡孤獨貧窮乞人備極珍玩窮諸上饌
如是節級莫不周施府庫既傾服玩都盡髻
中明珠身諸瓔珞次第施與初無所悔既捨
施已稱曰樂哉凡吾所有已入金剛堅固藏

矣從此之後諸國君王各獻珍服嘗不踰旬府庫充牣大施場東合流口日數百人自溺而死彼俗以爲願求生天當於此處絶粒自沈沭浴中流罪垢消滅是以異國遠方相趨萃止七日斷食然後絶命至於山猨野鹿羣遊水濱或濯流而返或絶食而死當戒日王之大施也有一獼猴居河之濱獨在樹下屏迹絶食經數日後自餓而死故諸外道修苦行者於河中立高柱日將旦也便即昇之一手一足執柱端躡傍杙一手一足虛懸外伸

臨空不屈延頸張目視日右轉逮乎曛暮方乃下馬若此者其徒數十輿斯勤苦出離生死或數十年未嘗懈息從此西南入大林中惡獸野象羣暴行旅非多徒黨難以經涉行五百餘里至憍賞彌國舊曰拘睒彌國訛也中印度境

憍賞彌國周六千餘里國大都城周三十餘里土稱沃壤地利豐植粳稻多甘蔗茂氣序暑熱風俗剛猛好學典藝崇樹福善伽藍十餘所傾頓荒蕪僧徒三百餘人學小乘教天祠五十餘所外道寔多

城内故宮中有大精舍高六十餘尺有刻檀
佛像上懸石蓋鄔陁衍那王此言出愛舊云優填王訛也
之所作也靈相間起神光時照諸國君王恃
力欲舉雖多人衆莫能轉移遂圖供養俱言
得真語其源迹即此像也初如來成正覺已

上昇天宮爲母說法三月不還其王思慕願
圖形像乃請尊者没特伽羅子以神通力接
工人上天宮親觀妙相彫刻栴檀如來自天
宮還也刻檀之像起迎世尊世尊慰曰教化
勞耶開導末世實此爲冀精舍東百餘步有

過去四佛座及經行遺迹之所其側不遠有
如來井及浴室井猶充汲室已頹毀
城内東南隅有故宅餘址是具史羅舊云瞿師羅訛
也長者故宅也中有佛精舍及髮爪窣堵波
復有故基如來浴室也
城東南不遠有故伽藍具史羅長者舊園也
中有窣堵波無憂王之所建立高二百餘尺
如來於此數年説法其側則有過去四佛座
及經行遺迹之所復有如來髮爪窣堵波
伽藍東南重閣上有故甎室世親菩薩甞住

此中作唯識論破斥小乘難諸外道
伽藍東菴没羅林中有故基是無著菩薩於
此作顯揚聖教論
城西南八九里毒龍石窟昔者如來伏此毒
龍於中留影雖則傳記今無所見其側有窣

堵波無憂王之所建也高二百餘尺傍有如
來經行遺迹及髮爪窣堵波病苦之徒求願
多愈釋迦法盡此國最後故上自君王下及
衆庶入此國境自然感傷莫不飲泣悲歎而
歸龍窟東北大林中行七百餘里渡殑伽河

北至迦奢布羅城周十餘里居人富樂城傍有故伽藍唯餘基址是昔護法菩薩伏外道處此國先王扶於邪說欲毀佛法崇敬外道外道衆中召一論師聰敏高才明達幽微者作為邪書千頌凡三萬二千言非毀佛法扶正本宗於是召集僧衆令相摧論外道有勝當毀佛法衆僧無負斷舌以謝是時僧徒懼有退負集而議曰慧日已沉法橋將毀王黨外道其可敵乎事勢若斯計將安出衆咸默然無竪議者護法菩薩年在幼稚辯慧多聞

風範弘遠在大衆中揚言讚曰愚雖不敏請陳其略誠宜以我疾應王命高論得勝斯靈祐也微議墮負乃稚齒也然則進退有辭法僧無咎僉曰允諧如其籌策尋應王命即昇論席外道乃提頓網綱抑揚辭義誦其所執

待彼異論護法菩薩納其言而笑曰吾得勝矣將覆逆而誦耶爲亂辭而誦耶外道憮然而謂曰子無自高也能領語盡此則爲勝順受其文後釋其義護法乃隨其聲調述其文義辭理不謬氣韻無差於是外道聞已欲自

斷舌護法曰斷舌非謝改斬是悔即為說法心信意悟王捨邪道遵崇正法

護法伏外道側則有窣堵波無憂王所建也基雖傾陷尚高二百餘尺是如來昔於此處六月說法傍有經行之迹及髮爪窣堵波自此北行百七八十里至鞞索迦國（中印度境）

鞞索迦國周四千餘里國大都城周十六里穀稼殷盛華果具繁氣序和暢風俗淳質好學不倦求福不回伽藍二十餘所僧徒三千餘人並學小乘正量部法天祠五十餘所外

道甚多
城南道左有大伽藍昔提婆設摩阿羅漢於此造識身論說無我人瞿波阿羅漢作聖教要寔論說有我人因此法執遂深諍論又是護法菩薩於此七日中摧伏小乘一百論師

伽藍側有窣堵波高二百餘尺無憂王所建也如來昔日六年於此說法導化說法側有奇樹高六七尺春秋遞代常無增減是如來昔嘗淨齒棄其遺枝因植根柢繁茂至今諸邪見人及外道衆競來殘伐尋生如故其側

不遠有過去四佛座及經行遺迹之所復有如來髮爪窣堵波靈基連隅林沼交映從此東北行五百餘里至室羅伐悉底國舊曰舍衛國訛也中印度境

大唐西域記卷第五

音釋

懾之涉切心伏也　毅魚既切果敢也　迭夷質切與逸同　羈居宜切旅寓也

邃雖遂切深遠也　氓莫耕切民也　謐彌畢切安也　宄居洧切姦也

髦莫高切俊也選也　幰虛偃切車上張繒曰幰　鎔余封切　鑄朱戍切

隘烏懈切愜也　鍮鉐鍮託侯切鉐常隻切　鐫鏤鐫子全切刻也

大唐西域記卷五

……東北行五百餘里……吐火羅……

鏤洛候切彫也　銛息尖切利也　訹雪律切誘也　塏可亥切高燥也　鰥古還切無妻曰鰥　寡古瓦切無夫曰寡　牣而振切滿也　杙與職切橛也